五行歌集

五行歌《ごぎょうか》をご存知ですか？

永岡 青堇
Nagaoka Seikin

そらまめ文庫

目次

甘えん坊

保育器代わりに
着物の裸の胸へ私を入れ
重湯《おもゆ》でひと月育てた
祖母の
燃える様な母性

「未熟児だったお前を
毎日乗せた
分銅秤《ふんどうばかり》さ
ほんの僅かでも
増えて欲しくてね」

五人の大人は
各自の特技で私を育てた
料理・縫い物・歌舞伎見物
模型飛行機・秋田犬飼育
一番は、戦争ボケした祖父の釣りごっこ

当時のスター・高島忠夫似の
叔父が
私の密かな自慢
お嫁さん候補が来ると
ふてくされた

暗い寝間で
語って貰った
御伽噺《おとぎばなし》
今も其処だけが
ポッと明るい

入園までは友達禁止
小川の岸で
小さな青い花※を
日がな一日
眺めていた

※オオイヌノフグリの花

上手な口が利けなかった
私
いつも世の中を
水底《みなそこ》から
眺めていた

家族にジャレつき
おんぶされ
ピクニックし
一生分の甘えを使い果たした
少女時代

松の繁った丸い山々
アチコチに広がる野原
ザリガニの住む小川
千葉の松戸には
日本の風景が満ちていた

「さあ帰ろナ。
拾った椎の実
煎ってやっから」
父方の祖母との
たった一つの思い出

ボロボロの
絵本や童話が
私の基盤だ
誰が何と言おうと
捨てるものか

初めての林間学校
寂しさに耐え切れず
コッソリ電話した私
箱根まで駆け付けた母
この家族にして、この子あり

Column

五行歌《ごぎょうか》という詩形をご存知ですか？

簡単に言えば「五行に分けて書く短詩」です。皆様が触れる機会の多い短歌・俳句・川柳などは、季語・五七調の字数制限などの決まり事が有りますが、五行歌は短めに口語で五行に書く以外、殆ど制約は有りません。

多くの方は、五七五などの枠が無いので不安に思われるかも知れませんが、不思議なことに短めの言葉で表すと、各々の歌が固有のリズムを持ち、ダラダラした作品にはなりません。気軽に心を表現できる五行歌とはどの様な詩歌なのか、本歌集は二十五年間に創った拙作の一部ですが、参考までに御覧下さいませ。

無論、作品のお好みは人様々ですが、わたくしの五行歌は守備範囲の広い、言わば何でも屋。お気に召す歌が有りましたら幸いです。

なお、五行歌という名の由来や、僅かな決まり事等は、巻末の「五行歌五則・五行歌とは」にてお確かめ下さい。

結婚　〝首輪〟

熱射の中を
ひたすら歩いた
切り立ての母の癌を
見せられた
二十歳《はたち》の夏

癌で弱り切った母が
力を振り絞り
階段を降りて来る
二十歳《はたち》の私に
料理を仕込む為に

結婚指輪が
首輪に思えた
新婚
わずか
一週間で

見合い結婚した夫は
天才的な外面《そとづら》仮面
私には言葉の暴力
子等の可愛さだけが
唯一の果実

五十年前
新婚なのに一人で江の島へ。
サザエの壺焼き
思う存分食べた。
ドケチな夫への精一杯の反抗

夫は誰からも好かれる
トップ営業マン
裏の顔は
妻にだけ言葉の暴力
毎夜続けるキャバクラ巡り

私は
遊び狂う夫の
人生の部品
では
ない

ヤマネの様に
眠る
おさな子
深々と息をして
眉根にシワまで寄せて

長女が
初めてハイハイをした
早く写真を！
あら・・・ダメよ
カメラを舐めちゃ

ミルクで育てたからと
身を責めながら
喘息の
小さな
背をさする

デコボコ道の水溜まり
小さな長靴で
狙って歩くから
あ〜ぁ
アンヨは泥だらけ

妹ばかり可愛がられた
長女の
七つの祝い写真は
全身が
泣いている

大きな声で
「ただいまー」
この家《うち》
とっても
幸せそうだ

見知らぬ仔犬が
千切れる程
シッポを振ってくれた
私の中に
生きる自信が甦った

ベビーカーを
ひたすら押す女《ひと》
実は
諦めも
運んでいる

ピュアな
ショッキングピンクだ
突き抜ける程のピンク
こんな生き方をしても
良かったんだ

私が受けた
暴力は
全て
人の
言葉

別居を
知らせた途端
見下《みくだ》し口調になった
優しさが〝売り〟の
学友《とも》

店主がポツリ
「珈琲を三十年も淹れています」
同じ歳月
私は嫁ぎ、子を育て
家を出ました

嫁入り支度の領収証が
山ほど出て来た
一人ぼっちで
こんなにも準備したのか
あの、実り無い結婚の為に

認知症に成った継母が
一人だけ忘れたのは
妻としての
永遠のライバル
我が亡母

崩壊までの
家族写真に
入れ墨のように
残る
私の不自然な笑顔

五行歌は添削をしません

　五行歌の最大の特徴は、たとえ主宰や大ベテランでも他人の作品を添削しません。作者が初心者であっても、その日その時に見聞きした感覚は、ご本人しか実感していないからです。指導者側は、バッサリ直す方が遥かに楽ですが、作者の思いを別の人間が正確に言葉で表現するのは無理な話です。もちろん、歌会などで意見の遣り取りやアドバイスをし合い、実力向上を後押しします。

　そこで、五行歌に不可欠な事は、作者本人による作品の推敲です。中には、殆ど推敲はしないという詠み人もいらっしゃいますが、少なくとも御自身の作を再度ジックリ見直してから発表する事が、読者への礼儀かと存じます。

　俳聖と呼ばれる松尾芭蕉も、旅先の死の床で、辞世と成った句を繰り返し書き直し、見舞いに来た弟子の皆々にも意見を聞いています。その結果、かの有名な字余りの句を残しました。高みを目指す凄まじい向上心に、叱咤される思いが致します。

旅に病んで夢は枯野をかけ廻《めぐ》る

蔵書印

隣の男が
鼻を穿《ほじ》ってから
ページをめくる
本には
図書館の蔵書印

チンピラを
顎で使う
サングラスの男
顔に
花粉専用大マスク

ゆれる
ゆれる
胸が揺れる
男たちの
目も弾む

教育熱心な自称セレブ
「アメリカ英語よりもぉ
イギリス英語？
習わせてるじゃないですかぁ」
先に日本語のお勉強を！

〝オッパイ
うなじ
母性愛〟
これで男は
思考停止

おじ様族が
未だに
ヨン様を貶《けな》す
どこから見ても
負けているのに

「ママの腕は
ふにゅふにゅして
好き」
それは単なる
弛《たる》みなのだが

「おじいちゃんネ
おフロで
おマタの風呂敷ばかり
洗ってた」
ギョッと固まる祖母と母

列車に
乗るやいなや
乳を求めるように
缶ビールに飛び付く
男性軍

若い女性は
枝毛取り
おじさんは
鼻毛抜き
平和日本の午後の電車

天花粉《てんかふん》を探す老父
「シッカロールでしょ？」
笑う私に
ショップの店員は
「ベビーパウダーですか？」

電車で席を譲られた
ついに
〝その時〟が来たのだ
喜んで座ったのが
何よりの証拠

最初の一歩

五行歌を書いてみるには、小さなメモ帳をお薦めします。心に響くモノに、いつ出合うか分かりませんから、失くしにくく携帯しやすい物が便利です。

せっかく五行歌のタネに成りそうな思いを抱いても、一文字でも書いておかないと、お若くても簡単に忘れてしまいます（笑）。感じた事が感情的過ぎても、只のメモなので気楽にお書き下さい。ご自分の日記を読み返して、気恥ずかしい思いを経験なさった方もおいででしょうが、ナマの言葉には大切な本心が隠れている場合が有るので、参考の為に保存しておきましょう。

推敲は、ご自分が感じた事を、どのような言葉を用いれば多くの人に正確に伝えられるか考える、試行錯誤の時間です。文字とニラメッコするだけでなく、入浴など全く別の事をしている時の方が、自然な言葉が浮かぶ場合もあります。言わば閃きです。書いた文字を音に替えた方が、素直な表現が出やすいのかも知れません。

まずは試しに、ご自分の感じた事を五行の言葉にしてみて下さい。

立ち上がる遺跡

薄明《はくめい》の
ローマの街
古代の遺跡が
当たり前の顔で
立ち上がる

大英帝国の
ドスのきいた恐さ
壁に塗り込め
ウインザー城
貴婦人の微笑《ほほえ》み

恩師の墓の
守《も》り桜
毎年　神妙に
薄紅《うすべに》の
天蓋《てんがい》をかざす

緑の枝先を
揺らし
手長ザルのように
風が
渡ってゆく

片足を
布団の外に
ポンと出す
ずっと待ってた
春の快感

田植え機の
し残した所へ
丹念に
苗を植える
渋茶色の手

真っ白な
立ち葵《あおい》から
夏が
威勢よく
吹き上がる

体の芯を
やさしく
叩く
遠い
花火

こんな風《ふう》に見られていたのか
他人の心に
忍び込んだかのよう
月面から見た
地球の映像

富士の気高さは
一切を
肚《はら》に収めて
死に臨む
武士《もののふ》の後ろ姿

五合目から
仰ぎ見ると
さすがの富士山も
完全な
ペチャパイ

私の体で
溢れさせた湯が
岩を伝い
南紀の海へ
すべり込む

自分に合った表現手段は？

心理学を学び、人生相談を仕事とした事で、人間とは、自分の何かを表現したくて堪らない生き物なのだと痛感しました。承認欲求という浅い言葉では言い尽くせない、もっと原始的で根源的なモノ。たとえば、止まらない程のお喋りや、祭り太鼓のリズムに乗って小躍りしたくて堪らなくなるなど。

幼い頃から人見知りだった私は、表現などは専門家が行う事だと思い込んでいましたが、人様よりもアップダウンの激しい人生を送る内に、幼少期から溜め続けた知識・経験・感情が、頭と心の袋が破裂しそうな程に満杯に成ってしまいました。

その時、試してみたモノが短歌でした。胸一杯の思いを雑誌に投稿し続けてみましたが、圧倒的に溢れ上がって来る思いの、十分の一さえ詠めません。巨大な水タンクの蛇口が細過ぎて、排水したいのにチョロチョロとしか流れない感覚です。

「詩歌では解決できない」と諦めかけていた時『恋の五行歌』という文庫に出合い「これだ！」と直感し、見学の後に入会し、幾つかの歌会に参加し始めました。

短歌では書けなかった思いが、ペンが追い付かない程の勢いで詠めました。短歌と五行歌、一般の方々には似て見えても、字数制限と季語等の決まり事は、当事者には実に大きな違いです。優劣の問題ではなく、心の中の大切なモノを表現するには、微妙な違いが影響するのだと思います。

詩歌だけでなく、自分を表現する手段は各自全く異なるはず。スポーツ・ダンス・舞踊・芸能・芸術・文学など。各自の思いを表現できる世界を見付ける事は、想像以上の嬉しさです。

ぜひ御自分の表現手段を見付ける、アンテナを張って下さい。

字数に因われず
心をのびのび詠める
五行歌
目からウロコの
詩形だ

字数にこだわり
ゼイ肉を削ぐ
俳句・短歌の
尊重すべき
真摯な研鑽

季語の有る五七五なら
俳句と言えるのか？
思いを
五行に書くだけで
五行歌と言えるのか？

男を飼う

心の牧場《まきば》に
何人も
キラリと光る
男を
飼う

○君に
壁ドンされて
初恋にドブン
六十年前
中二の春

初恋の人が撮ってくれた
たくさんの写真
先生に没収された
修学旅行アルバムに残る
空白のページ

恋しくて
切なくて
どうしようもない日
ため息ばかりで
気体に成ってしまいそう

純情も
サロメも
袋につめ込んで
心の沼に
沈めておく

惚れた相手が
不細工でも
女性は
必ず
綺麗に成る

全国の老若男女が
恋をすれば
消費は
確実に
上昇する

男子諸君！
好きな女子が地味なら
迷わず告《こく》るべし
もし振られても
一生モノの自信を贈れるのだから

恋は、墓標を残し
愛は、
まったり温かく
形も終わりも
何も無い

私には
美しいピンク色の時間が
僅《わず》かしか無かった
鮮烈なのに
いつも一瞬

消しても　消しても
君の面影が消せない
仕方がないので
棺桶の中まで
連れて行くことにした

同じ
「好き」でも
中身が違う
男は　体が八割
女は　心が八割

評価の際の注意点

初期の頃は歌会数も少なかったので、五行歌の会主宰の草壁焰太《えんた》先生は、様々な歌会に出席なさいました。お陰で数え切れない程の、読み取り方や評価の注意点を、参加者は直接聞くことができました。たとえば「参加者の殆どが、持ち点の内の1点ずつを入れれば、総合点ではトップに成るが、それでは本当に佳い作品は選べないと思う。総合点では劣っても、2点3点の評価が入っている歌は光るモノを有している。これが、総合点だけに注目した時の落とし穴だよ」など、多くの大切な指摘や注意点は、今も肝心の時に甦って来ます。

他にも、大勢の人が関心を持つ作品に、評価の点数が一気になだれ込む場合があります。素直な感覚ではありますが、作品全体の良し悪しと、単語自体の持つ魅力を混同しては正しい読み込みとはいえないと思います。

ごく初心者の頃、ベテラン主体の歌会に恐る恐る出席してみました。ところが、ある昔懐かしい単語が入った歌に大半の票が入り、トップの成績に。私は、詩歌の評価は一般社会とは異なり、忖度などせずに作品の気になる部分は遠慮無く質問できる場と信じていたので「私も幼い頃に経験した懐かしい物ですが、その言葉に惹かれるあまり、点数が偏り過ぎていませんか？」と素直に申し上げたところ、通常は穏やかで公平な歌会代表が「あなたには、一生歌など作れません！」とキツイお言葉を賜りました。私は意外にダメージを受けず、冷静に説明しようとしましたが、会場の使用時間が迫って来たので、反論しませんでした。しかし、私の考えは間違っていないと確信していたので、その後もその歌会へ出席し、五行歌も無事に二十五年間、続けております。きっとその日は、代表さんの虫の居どころが悪かったのでしょう。

他の歌会でも、疑問点は質問させて頂いておりますが、意地悪な発言は一度も致しておりません。残念ながら、いつの間にか〝毒舌の青菫〟と呼ばれる様になりましたが、特に高得点を得られた方に、質問するのはとてもドキドキします。しかし、せっかく高評価を頂いた作品に言葉の間違いなどが有れば、黙っている方が意地悪なのではないかと、いつも自分を鼓舞し、流れに逆らっても申し上げております。

笑わぬ眼

豊満な笑みと
笑わぬ眼を持つ
女
どんな痛みの川を
渡って来たのか

子供は
積み木で
タワーを作り
崩れる度に
ケラケラ笑う

熟年でさえ
伝統文化が解らない
それを恥とも思わない
ニッポン
ただいま崩壊中

幸せの切符は
我が儘な
女の
手に
落ちる

大災害が
起これば
このカラスに
死肉を
喰われるのだ

知能や
肩書ではない
人として
真っ当なのか？
ということだ

盲信者が多い
ベスト三
〝母性〟神話
〝家族の絆〟神話
〝最初の男を忘れられない〟神話

「それでも地球は回っている」
ガリレオの呟きが
支えだ
逆風の中
独り、異論を唱える

いずれは死ぬ人間同士が
チマチマと
競い合う
これが、また
やめられないのだ

ガード下の印刷屋
「いまだに活字でやってます」
時代に遅れた
痛みを
笑顔で包む

布団も
洗濯物も
干してはならない
ここは東京
不自由が丘

どのグループにも
仕切り回すボスと
褒めちぎる
腰巾着が
セットで入っている

川辺で寝転ぶと
アザラシには
住民票が交付され
ホームレスは
追い立てを食らう

勝ち組？
負け組？
いいえ
生き物は全て
〝死ぬ組〟

全くソリの合わない人が
自分の
裁判員に成っても
あなたは
受け入れられるのか？

十代の旅で出会った
韓国の少女
伝える手段は
たどたどしい
互いの英語だけだった

閉じられぬ口元と
定まらぬ焦点で
必死に歩む若者
どんなにか口惜《くや》しかろう
我等がそれとなく送る視線が

日本軍に向けられた
大砲に跨《またが》り
大はしゃぎする
現代日本の
企業戦士たち

沖縄戦跡の壕《ごう》の中
修学旅行生の喧騒が
沈黙に変わり
日米関係まで
論じ始めた

「うん・・・ちょっとな」
照れながら
激戦地跡に
そっと賽銭を置く
高校生

東北の護摩木の
放射能を疑い
拒否する府民に
説教も出来ない
京都五山の高僧達

見事に創り上げた
夢空間を
演者自《みずか》ら
破壊する
カーテンコール

人生と五行歌

私は、結婚前に母を失い、娘を二人生んでから、遺伝性の腎臓病と知りました。母方の祖母の系統に現れる病気で、治療法は無いが進行は穏やかで、高齢になる頃には透析、と説明されてから約四十年。今のところ普通に生活しておりますが、歌会など人が多く集まる場所は避けております。感染を起こし高熱で何回も入院を経験したからです。また、なかなかに困難な結婚生活に耐える内に乳癌に成り、片方を全摘し、婚家にとどまっていると命を失うと考え、身一つで家を出ました。実父は再婚しておりましたので、今日まで一人暮らしを続けています。

身の上話をお聞かせしたいのではありません。これだけ過酷な日々が続いた為に、心も頭も破裂しそうに成った時、五行歌を知り、思いを歌に変換でき、五行歌のタネも尽きませんでした。今回の歌集の準備で全作品を見直しましたが、五行歌に詠んでおいたお陰で、自分の心の軌跡をジックリ追えました。気持は記憶していた積りですが、詳しい背景などは案外に忘れております。

拙い作ではありますが、自分自身を客観的な映像作品として再鑑賞できた思いです。推敲してあるので感情的過ぎず、自分の半生を程良く記録できる五行歌というツールに出合えた幸運に感謝しています。

この歌集には載せられませんでしたが、真の名医や迷惑医も数多く経験しました。治らぬ病気を抱え、何度か命の瀬戸際を味わったお陰で、自ずと生と死について考える様に成りました。

此の世には、幾つもの宇宙が存在するそうですが、いずれも、生き物が素のままでは存在できない苛烈な環境。何故この様な場所に、我々は発生してしまったのか。おまけに、人間同士は殺し合いをやめず、少しでも地位と財産を持とうと競い合うのですから、滑稽の極みです。

壮大な事も、些末な事も、感じた事は五行歌に詠んでおこうと思います。たとえ、いずれ人間や生物が滅び去ってしまうとしても。

命の砂時計

命の砂時計は
黒ガラス
残りの量は
誰にも
見えない

理不尽な事
全て
抱えて
逝ってくれた
右の乳房

いのちを支えてくれるもの
ゆめ
こい
おかね
思いやり

「目出度い
名を付けても
結末は同じ」
斎場の
名札は語る

死んだあと
一人でも
心の底から
泣いてくれたら
この人生、合格！

ソープ街の
ネオンの隣に
斎場が
むっつり
控えている

失くした乳房が
戻った夢
やっぱり
これが
本音だったか

頭の中の血の塊が
男の言葉を奪った
「心は生きているよ」
まばたきが
懸命に語る

大好きなあの人も
大嫌いなアイツも
死へ直《ひた》走る
人生マラソンの
仲間たち

心理分析だけでは
心は救えない
「大変でしたねぇ」
心からの頷《うなず》きが
何よりの薬

病名もメジャーな方が得をする
元夫の心臓手術には
身内がドッと集まり
謎の高熱で瀕死の私には
次女一人

丈夫な人の
健康自慢
いずれ彼等も
必ず
死ぬのだが

昔、乳ガン手術を
元気一杯に乗り切った。
義理の妹が
葬式の顔で見舞いに来た。
殺してやろうかと思った

癌の家庭科教諭を
女子だけで騒々しく見舞い
テキトーに作った膝掛けを贈った
先生は驚くほど感激し
三か月後に亡くなった

季節の終わりが来る様に
命の終わりも
やがて来る
ごく
当たり前の顔をして

堕《おろ》した子を
想うのは
女だけ
父である男には
記憶すら無い

命は
紙風船
あっけなく
一瞬で
潰れる

認知症に成った
気難しい継母が
誰にでも「あ・り・が・と」
身を守る
本能の灯《ともしび》

生命の発生は尊いが
宇宙にとっては
単なる自然現象
育《はぐく》む気など
サラサラ無い

愛想も言わず
診察に驚くほど集中する
若い開業医
彼が対決しているのは
患者の中の病気の正体

腎臓の難病と
癌に出合わなければ
命の維持に
こんなにも
貪欲に成れなかった

若さを誇示する
そこのオネエさん
生きていれば
必ず来るのよ
老いの日が

一般の方から見た五行歌

私の身近な例だけですが「五行歌」をご存知の方に、一度もお目に掛かった事がございません。こんなにも魅力的な詩歌なのに、残念ながら一般に浸透しているとは言えないと思います。

自分自身もアッという間に七十歳を越え、このままでは時間が無いと考えるようになりました。SNS等を使えば簡単に広まるとお考えの方も多かった筈ですが、何か戦略が間違っていたのかも知れません。

十数年前、芸術・文芸・芸能など多方面の見識も実技力も優れた或る方に、五行歌をご紹介したところ、僅か五分程で五行歌の本質・長所・短所まで見抜かれた事があります。「端的に言えば、仲良しさんのお楽しみ会、ですね。」と言って、有名女流歌人の桐の花の歌をサラサラとお書きになりました。

五行歌のプラスの面を訴えたかった私は、懸命に説明しながらも、短歌・俳句などとの研鑽への熱量の違いを看破された思いでした。決まり事や添削が無い分、五行歌を高める方法の難しさを、改めて喉元に突き付けられたのです。向上心を持ち、厳しく律する歌会も多い反面、茶飲み話がメインに成っている所も無いとは言えません。第三者の厳しい指摘に、一層の工夫と努力が必要と考えさせられました。

別の例が実父。還暦過ぎに短歌会に入った素人で、短歌の勉強は熱心にしておりましたが、権威に弱いタチなので、有名歌会に入れた事に喜びを感じるだけの人。内容ではなく観念として短歌・俳句が上等と思い込み、私の五行歌など読みもしません。予想通りでしたが、これが世間の大多数の反応だとも思いました。

一般の人々の心を打つ、質の高い五行歌を広めなくてはと、改めて考え始めました。世の中の多くの人が、五行歌を短詩型文学の選択肢の一つとして、当たり前に考える日が来る事を、切に願います。

跋

青菫さんの歌集出版を祝して

草壁焰太

青菫さんは、自分で考える方である。『五行歌をご存知ですか?・』、これが五行歌集のタイトルである。歌集にはいままでに作った秀歌がたくさん収められている。

ピュアな
ショッキングピンクだ
突き抜ける程のピンク
こんな生き方をしても
良かったんだ

命の砂時計は
黒ガラス
残りの量は
誰にも
見えない

片足を
布団の外に
ポンと出す
ずっと待ってた
春の快感

私の体で
溢れさせた湯が
岩を伝い
南紀の海へ
すべり込む

これらは、作った当初から評判になった彼女の秀歌である。これら秀歌には感じられない別の個性が、彼女自身の「自分で考える」という個性であろう。その個性を著す方法として、彼女は、歌の章ごとに、コラムをつけ、その考えを述べた。

いや、コラムではあるまい。コラムとは、ちょっとした付け足しのようなものだろうが、彼女の文章は、紛れもない彼女自身の証明である。

こういう意見を持っているのだから、彼女は普通に日本の女らしい存在にはなりえなかった。かならず、意見をいわなければならなかった。

この歌集の構成は、彼女の歌集としてはよかったと思う。

五行歌について言っていることも、正しいと思う。

彼女は、もう一冊出すといっているから、それがどんな歌集になるのか、測りがたい。それも、彼女自身の信念に基づくものであろう。

本は、著者の個性を表わすべきである。その意味で、この本は彼女にとってよかったと思う。本は、普通であるべきではないのだ。著者自身の表現であるべきである。

五行歌もまたそうであろうと思う。五行歌を書く方自身の表現であるべきである。他の人が人の作品に触れないことを鉄則としているのも、他人にとって予想外のものが、その人の五行歌であると思うからである。

青菫さんが、個性をフルに発揮して独自の歌集を作られたことを嬉しく思う。同じ意味で、もう一冊も楽しみである。

もう一度、度肝を抜かれるに相違ない。

二〇二五年二月十五日

あとがき

私は、自分に合った表現手段に出合えたと同時に、詩歌の世界で尊敬するお二人の師に、図らずもごく身近に接する幸運を得ました。五行歌の草壁先生と、俳句の加藤楸邨先生です。

加藤先生は、短大時代の教授でしたが、俳句は一時間も教わっておりません。先生は、ひたすら芭蕉の研究に打ち込んでおられ、御高齢にもかかわらず毎年、国文科の学生を奥の細道研修バス旅行へ、自らお連れ下さいました。旅行気分で浮かれそうな年頃の我々も、各歌枕の地などで熱心に解説して下さるお姿に「これは大変に貴重な経験をしているのだ」と至極マジメに聞き入りました。

最も心に沁みたのは、三陸海岸の名も知らぬ崖の上で休息した折りの事。加藤先生が「沖の小さな岩礁に白波が砕けるのが見えるかい？　青海原で只一か所の白波。見えていても、心がそれを掴みたくならなければ、何も残らない。美とは、自分で探し出すモノなのだよ」たったこれだけの御言葉ですが、私の体は固まり、息も止まる気がしました。級友が先生を撮った写真に、緊張した私の顔も写っています（笑）。

どの詩形や芸術であれ、ホンモノを深く知り抜いた先生や先輩方のナマの御言葉には、本やSNSではキャッチ出来ない、うごめく様な活きたエネルギーが宿っているのだと思います。

この第一歌集は、五行歌を少しでも多くの方に親しんで頂きたく、敢えて初心者の方向けの体裁にしました。長年、五行歌で研鑽を積まれた方には「何を今更」というお気持もございましょうが、現代にこそ必要とされる自由な詩形ですので、あらゆる年代の方々に、様々な手段で、より一層広めたいと、真剣に願っております。

歴史を振り返れば、殆どの文芸・芸術は、天才とスターが現れることで、広く世に知られたと思われます。五行歌にも、真の天才とスターが複数人、一日も早く現れて下さいますよう、期待致しております。

初めての歌集発行に際し、何よりも、五行歌という自由な詩形を創始して下さいました草壁焰太主宰に、改めて心からの御礼を申し上げます。お陰様で頭が爆発せずに済み、稚拙ながらも自分自身を客観視できる様になりました。有り難うございます。

また、歌集の発行へ導いて下さいました三好叙子様へ、心底より感謝申し上げます。

出版について何一つ知らない私が「そらまめ文庫」の各御担当者様や事務局の皆様に、オドオドと様々な質問を繰り返し、大変お手間をお掛けし、申し訳なく存じます。

最後に、長い年月の間に、歌会等で交流し、貴重なお考えや生き方などをお教え下さいました数多くの歌友の皆様に、この場にて深く御礼を申し上げます。

永岡青菫

五行歌五則 ［平成二十年九月改定］

一、五行歌は、和歌と古代歌謡に基いて新たに創られた新形式の短詩である。

一、作品は五行からなる。例外として、四行、六行のものも稀に認める。

一、一行は一句を意味する。改行は言葉の区切り、または息の区切りで行う。

一、字数に制約は設けないが、作品に詩歌らしい感じをもたせること。

一、内容などには制約をもうけない。

五行歌とは

五行歌とは、五行で書く歌のことです。万葉集以前の日本人は、自由に歌を書いていました。その古代歌謡にならって、現代の言葉で同じように自由に書いたのが、五行歌です。五行にする理由は、古代でも約半数が五句構成だったためです。

この新形式は、約六十年前に、五行歌の会の主宰、草壁焔太が発想したもので、一九九四年に約三十人で会はスタートしました。五行歌は現代人の各個人の独立した感性、思いを表すのにぴったりの形式であり、誰にも書け、誰にも独自の表現を完成できるものです。

このため、年々会員数は増え、全国に百数十の支部があり、愛好者は五十万人にのぼります。

五行歌の会　https://5gyohka.com/
〒162-0843 東京都新宿区市谷田町三―一九
川辺ビル一階
電話　〇三（三二六七）七六〇七
ファクス　〇三（三二六七）七六九七

永岡 青菫（ながおか せいきん）
本名：川畑由利子（かわはた ゆりこ）

1951 年 千葉県松戸市生まれ
1971 年 青山学院女子短期大学国文科卒業
1998 年 五行歌の会入会
2002 年より朝日カルチャーセンター、読売文化センター、アリオにて、五行歌講座講師を約 10 年務める。
東京都小平市在住

そらまめ文庫 な 3-1

永岡青菫五行歌集

五行歌《ごぎょうか》をご存知ですか？

2025 年 3 月 28 日　初版第 1 刷発行

著　者　　永岡青菫
発行人　　三好清明
発行所　　株式会社 市井社
〒 162-0843
東京都新宿区市谷田町 3-19 川辺ビル 1F
電話　03-3267-7601
https://5gyohka.com/shiseisha/

写　真　　光川十洋（オオイヌノフグリの花）
装　丁　　しづく
印刷所　　創栄図書印刷 株式会社

ISBN978-4-88208-221-7